作者 劉俐

SAGEBOOKS
HONGKONG

https://sagebookshk.com

前言

童心，孕育在人生最寶貴且短暫的時期。稚嫩的大腦神經和感官纖維賦予孩童獨特的聯想力、想象力和感性，開創無限的發展空間。

童真，啟源於他們對世界有了一部分的認識，卻又未參透世故，因此對所見所聞的理解相對地坦率直接。

童心童真，讓小朋友用他們已學會的字*，去品嘗各種不同的情景小故事，連帶吸收一些歷史、語文、數理、天文知識，就這樣半玩、半笑、半學習地去感受閱讀在生活中的真正地位。

要是家長也能從中體會孩童的心、孩童的真，在每日緊湊繁累的育兒生活中的瞬間須臾，發出一絲會心的微笑，拉近了您和孩子的感情聯繫，那就再好不過了。

祝孩子和您閱讀愉快！

*漫畫故事內所用的字，都在基礎漢字500課程以內。

簡易免費增值

★ 每個故事的題目下面，都有一個QR二維碼。

掃一掃，就可以得到更多相關的學習資源和知識，還有動畫喔。

親愛的家長：以下的信，基礎漢字500©的進階生/畢業生可以完全自己讀喔。

小朋友：

你好！

這本是你能自己看明白的故事書。書中有你認識的人物，還有你喜愛的動物們，都來和你一起玩呢！每個故事的最後面還有一張黑白的圖，可以用你喜愛的顏色把他們變得更漂亮啊！

希望你能愛上這本書。記得要讀給爸爸、媽媽、老師、還有朋友們……聽啊。

目錄

Contents

進階篇

入門篇

像我

2

弟弟愛小狗

像我!

小狗會追小貓
像我！

小貓愛吃魚
像我！

小魚被貓吃掉了
像…!
才不像我!

肚臍

我有...

小明也有...

人人都有....

小狗有沒有呢...

新年大計

2021
每周計劃表
Date: Jan. 1
每星期日
和孩子們玩

2021 Date: 1月1日
不讓媽媽生氣 ^_^

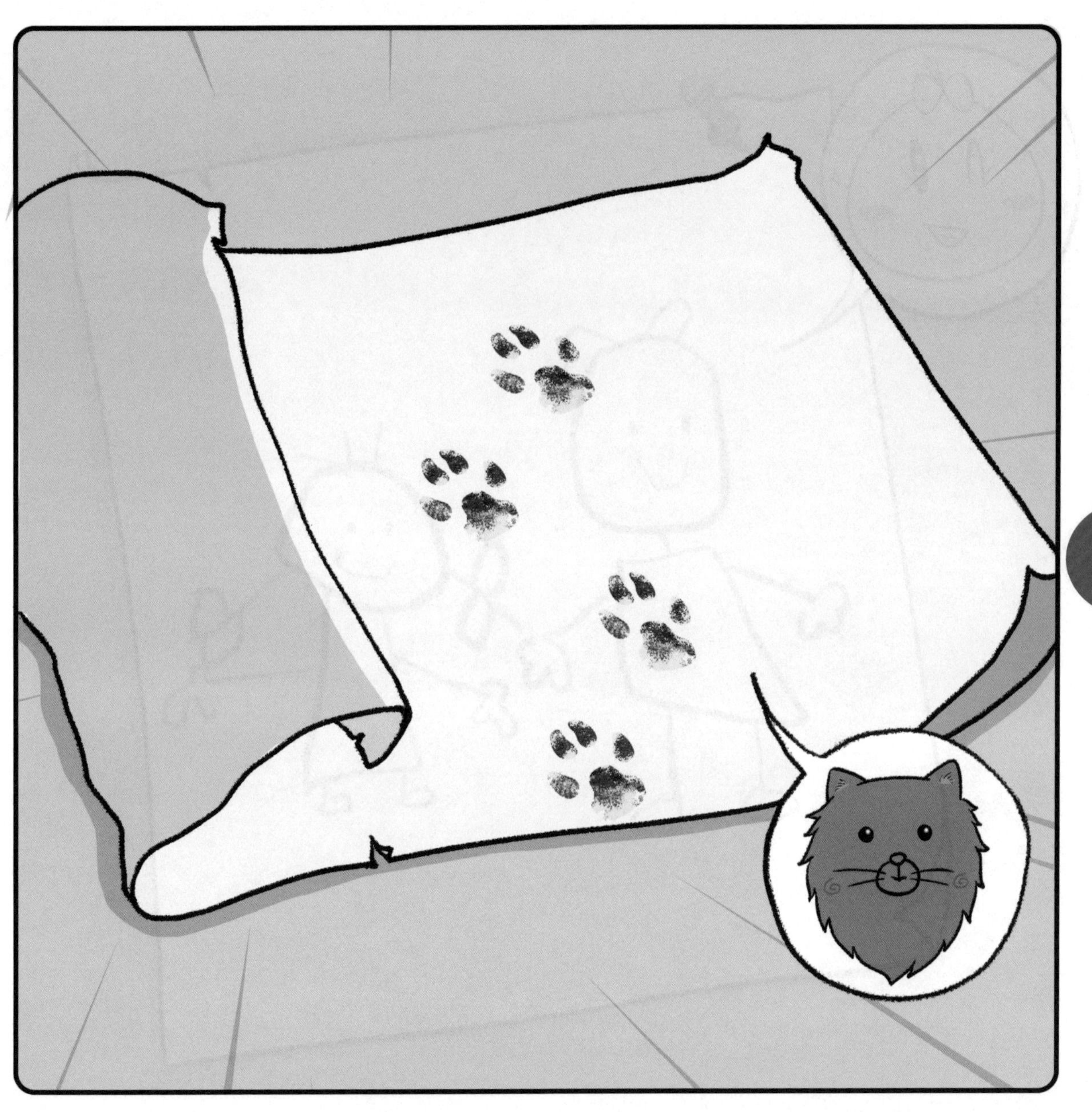

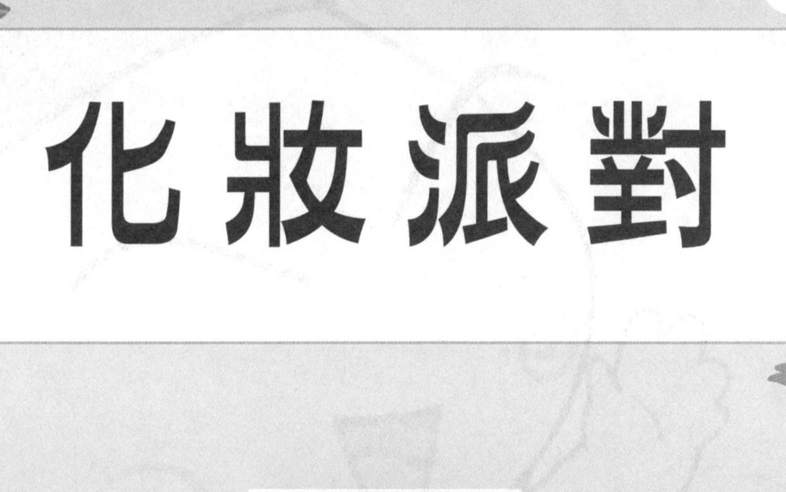

化妝派對

我愛抱打不平

我去午夜舞會

老師當船長

美人魚來啦

小貓的一天

早上
上樹去看鳥

中午
去河邊看魚

晚上
吃晚飯

午夜　去公園玩
小貓不用睡覺嗎？

一百是多少？

100分

中文

100

姓名 小明 日期 2021年1月7日

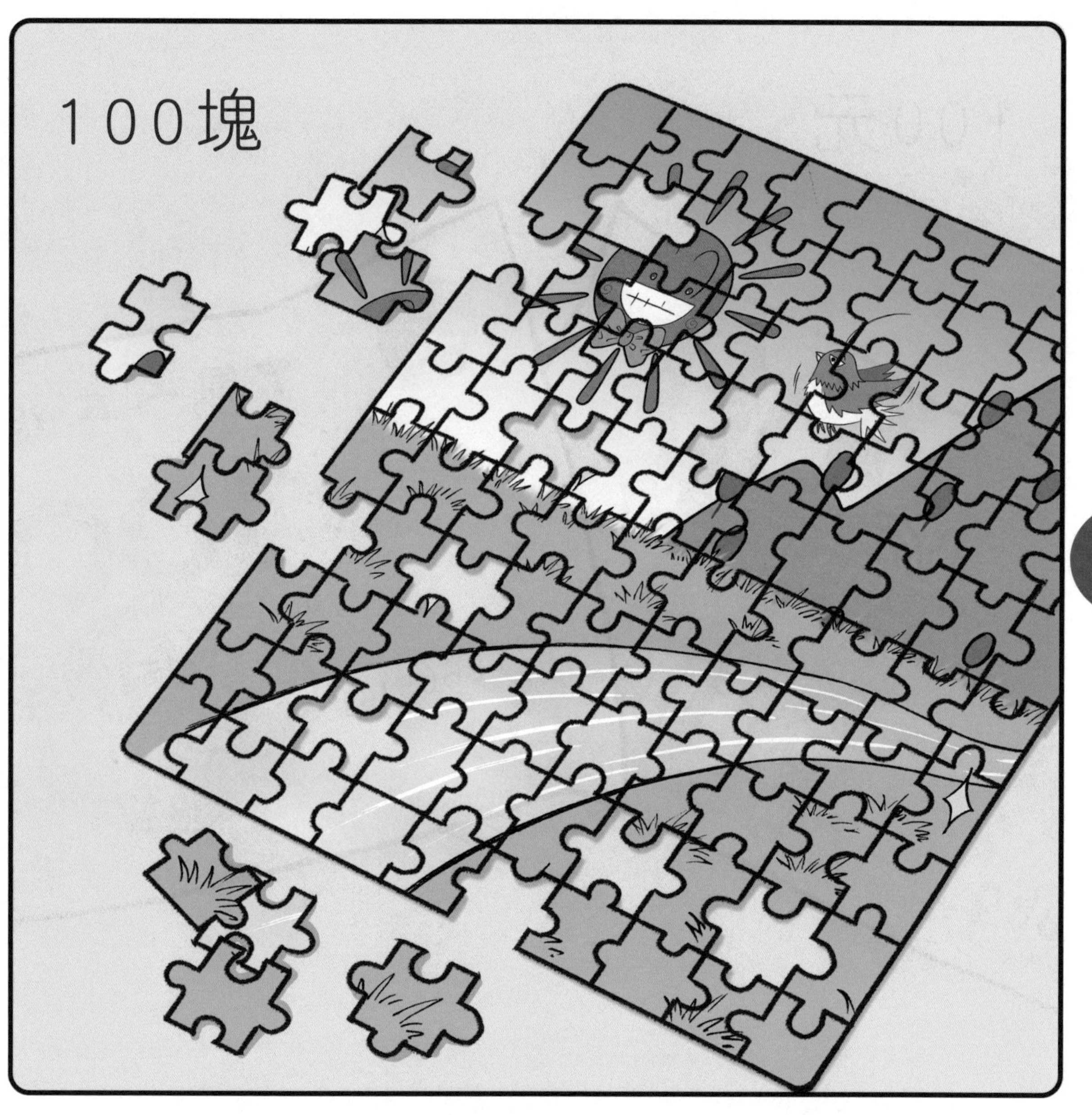
100塊

100元
EKT EKP 2002
100
URO
中国人民銀
100
壹佰圆
B1J8605163
100

100米

睡前講故事

從前有個壞人…

我要和你睡!

也許說過分了…

別告訴媽媽

...別告訴媽媽

甚麼事？

姐姐說別告訴你

紙飛機

從哪裏飛來了一隻紙飛機？

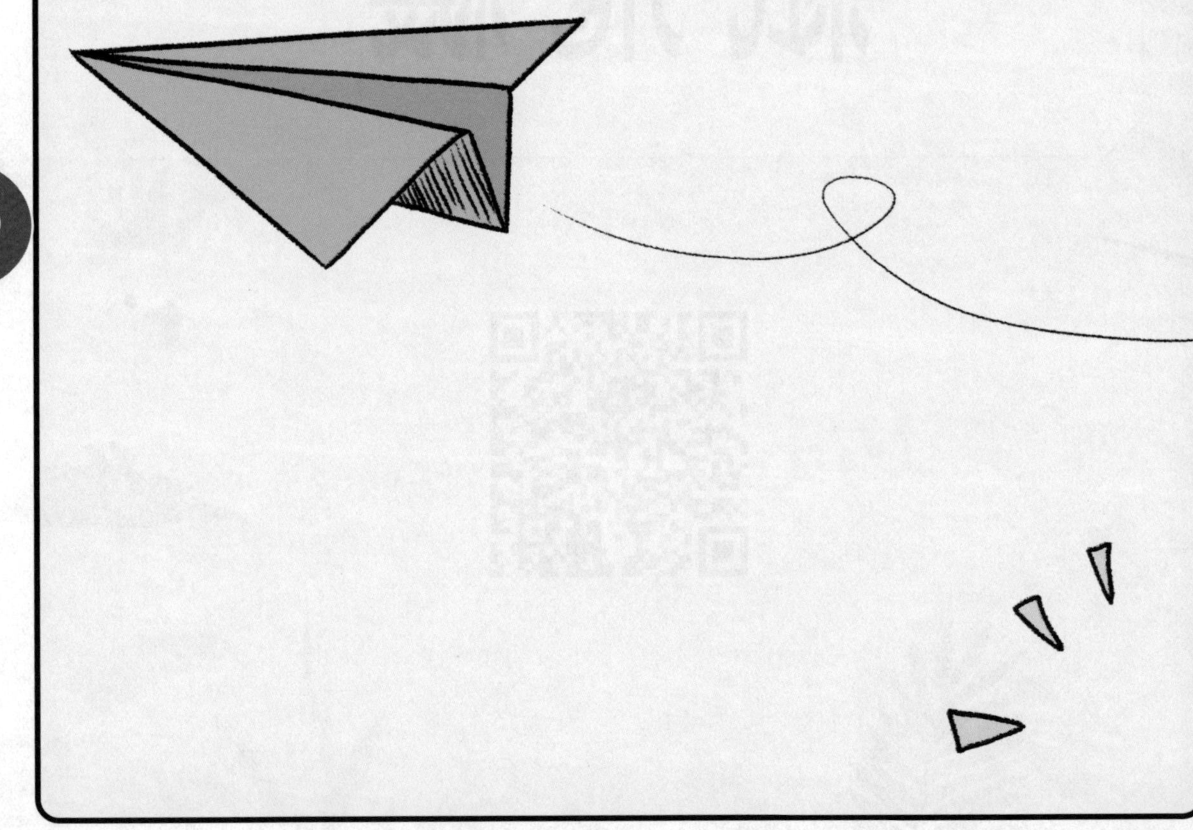

蝴蝶在後邊追

妹妹追在蝴蝶後面

哈哈！這些都是我的了吧。

天上的球

什麼球在天上，

不在地上呢？

每個月的十五
圓圓的月球在高空中

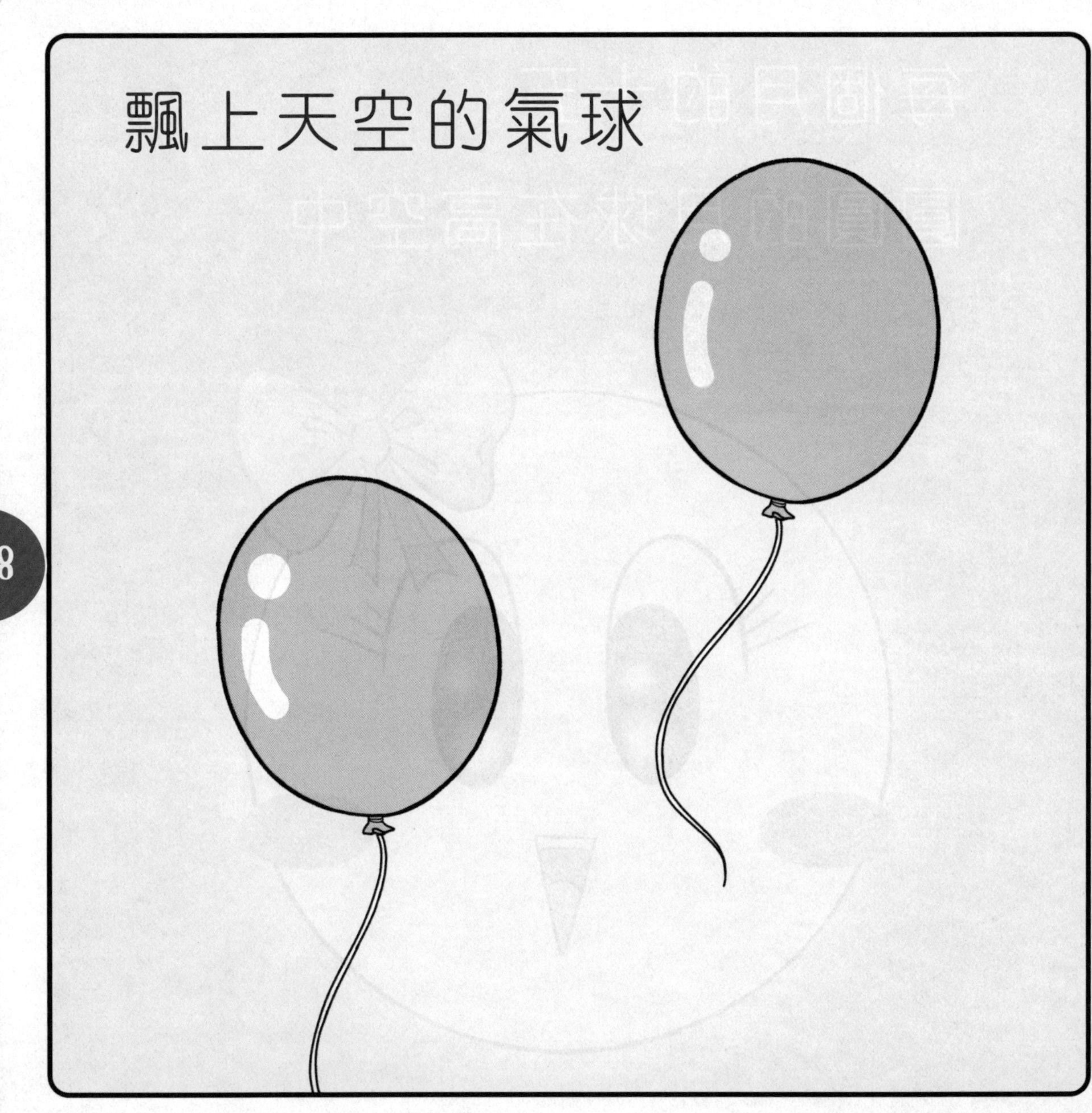
飄上天空的氣球

帶我們上半空的熱氣球

都是我的

先用眼睛看好，
喜歡的才拿…

已經用手碰過
的就是你的了...

...不能再放回去了...

這些都是我的了

成長

叔叔是爸爸的弟弟。

叔叔喜歡做運動，
長得比爸爸高。

我以後也會長得
比姐姐高。

兩年後，我還會比姐姐大。

我做她姐姐。

太陽系

這是我們的太陽系，

太陽在中間，還有八大行星。

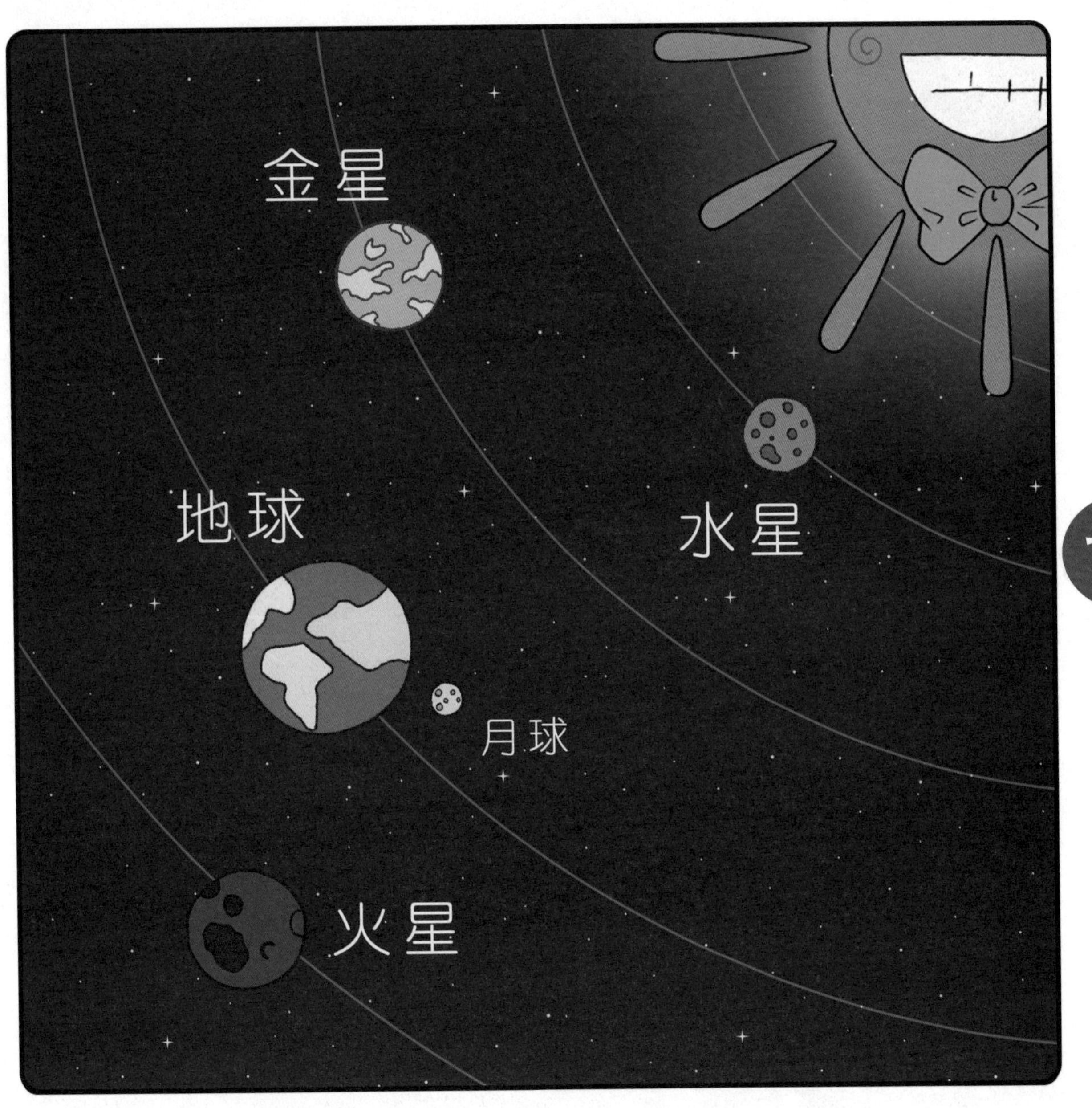
金星
水星
地球
月球
火星

木星

土星

天王星

海王星

最大的是木星，

最小的是水星。

木星

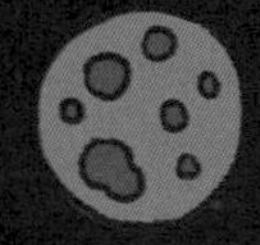

水星

進階篇

秋天

秋天吹起的風
秋風

秋天吃的魚
秋刀魚

中秋節
秋天的節日

秋天的遊戲

等一下

看完的書要放回去
好，等一下！

過來幫一下忙！
好，等一下！

要做功課啦！

好，等一下！

來吃...
我來啦！

好，等一下！

烏鴉

烏鴉長得很黑

看起來神氣又漂亮

還很有愛心

大家都是好朋友

發現

前進

停！

啊！螞蟻出洞了。

客氣

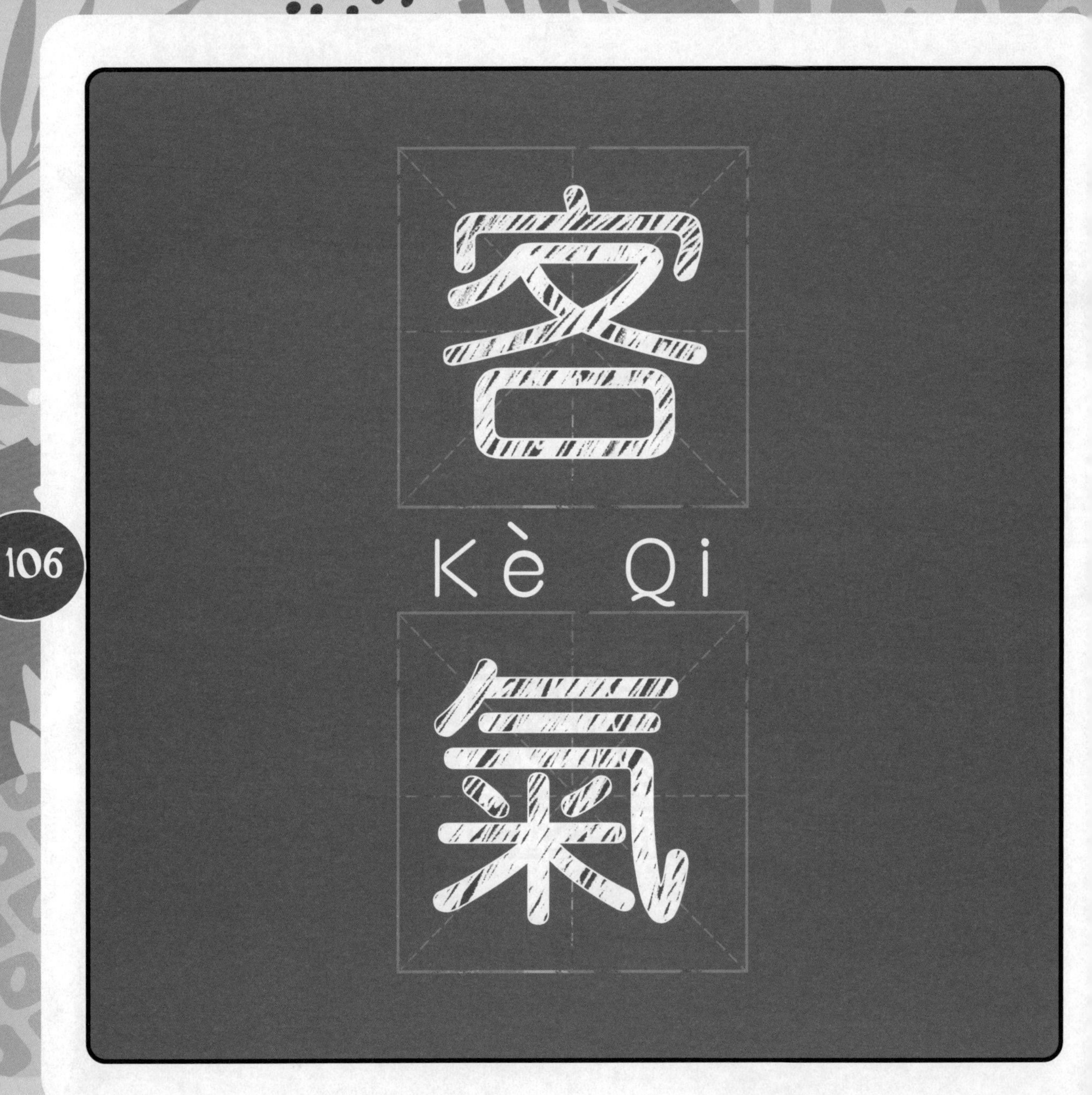
客
Kè Qi
氣

啊呀，
下次不要
客氣啦。

對朋友要客客氣氣

我們對人

要客氣還是不客氣呢？

貓和狗

什麼狗會出汗？

熱狗

什麼貓是不對的？

出貓

端午節

小明坐在左邊

你坐在右邊

我站在船頭

大家同心合力，
向前開動！

心情

前天，我快樂得像一隻小鳥
WED
三

昨天，我感到有點難過

THU
四

今天，我心中有點不安
FRI
五

明天，我期望能和爸爸
媽媽一起去玩
SAT
六

WED

木馬屠城記

從前，東國送了一座木馬給西國。

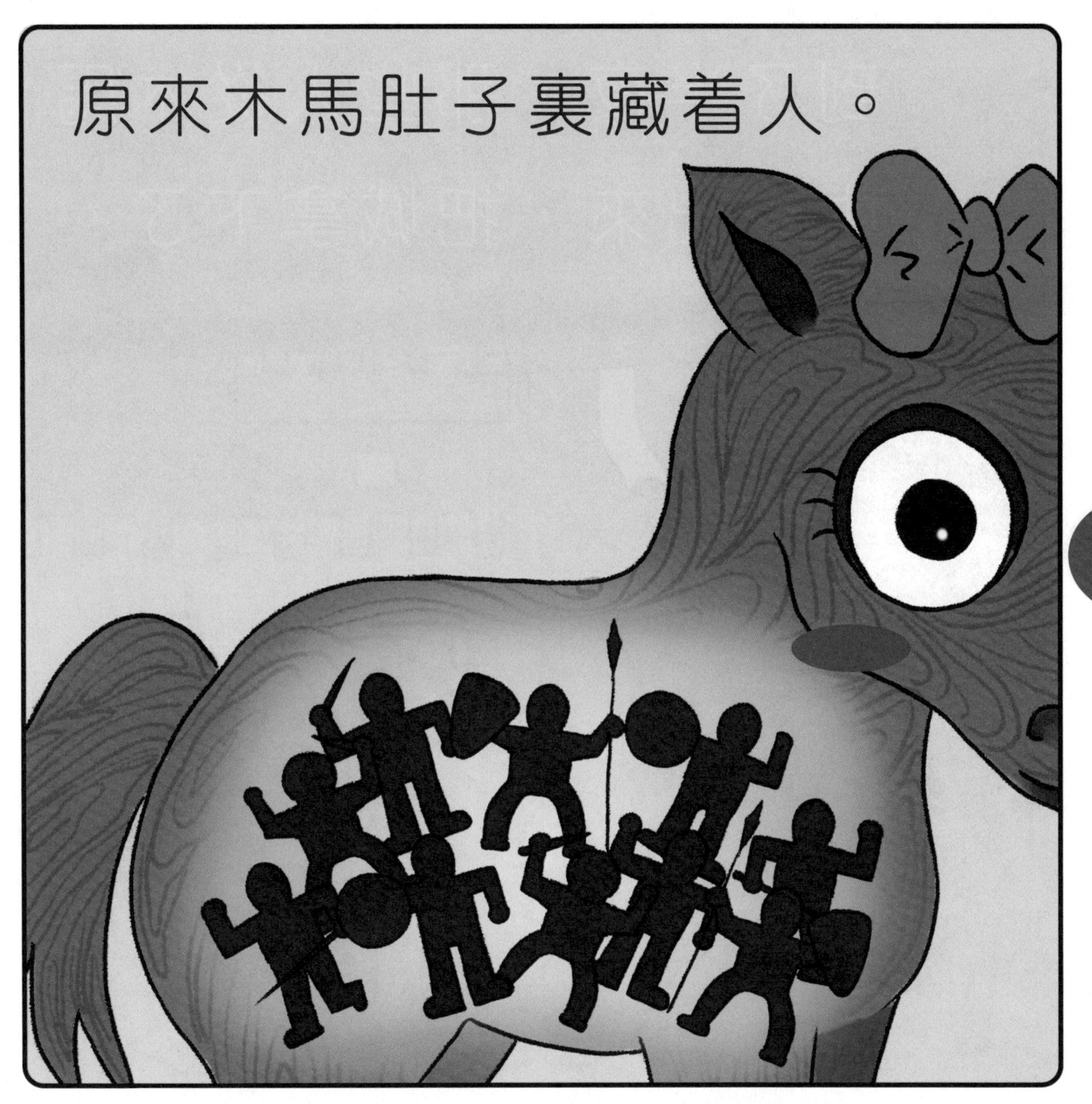
原來木馬肚子裏藏着人。

到了半夜，那些人從木馬中走出來，把城拿下了。

所以，送禮物的
不一定就是好人呢。

數字之謎

四的發音像「死」，所以
很多人不用「四」、「十四」。

日本人不喜歡「九」，
因為日本話的「九」
聽起來像「苦」。

很多西方人相信「十三」會帶來壞運氣。

這樣大家就都高興了吧!
1
2
3
4
5
6
7
8
9
10
11
12
13
14
15
16
17
18
19
20
只有16個了呢

KU
く
九

KU
く
苦

黑洞

在外太空，有數不清的星球。

有些很大的星球，
死了以後會成為黑洞。

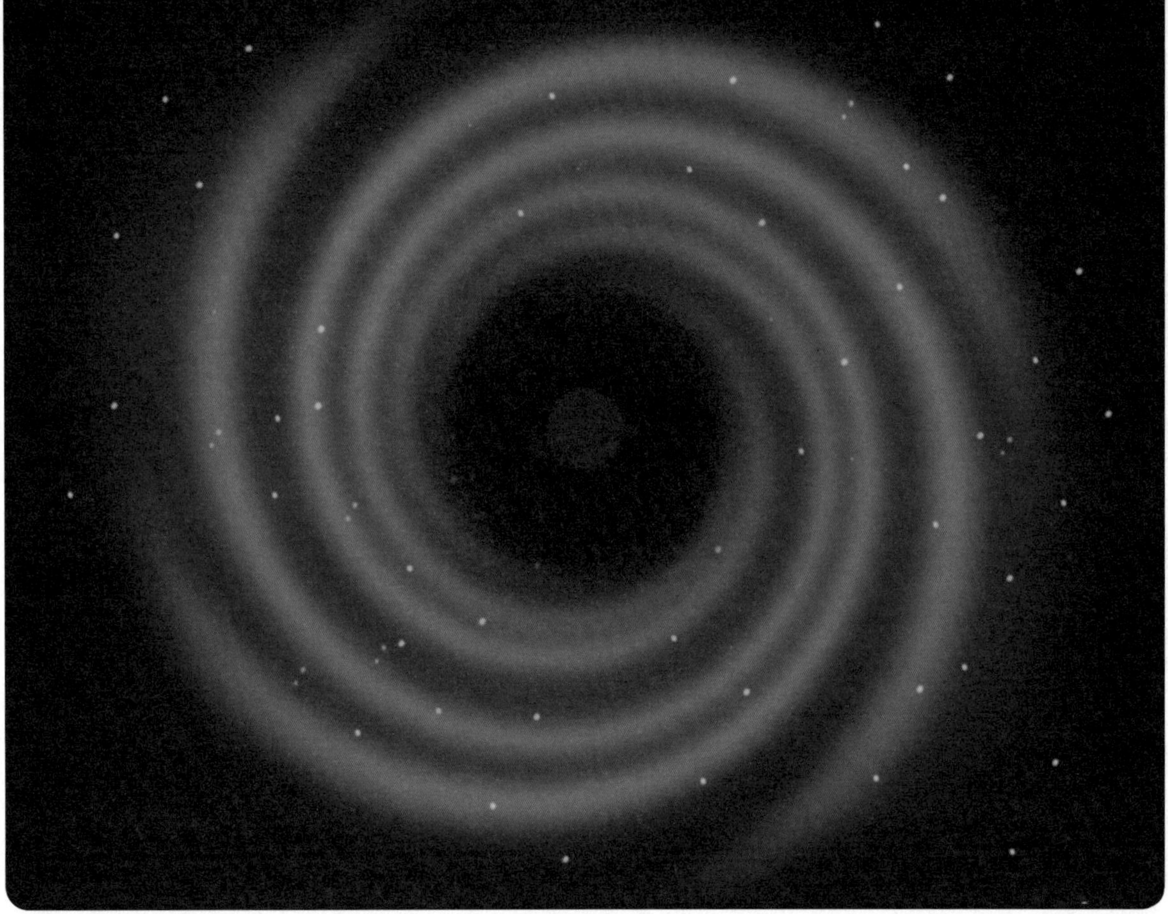

黑洞能把所有的東西都拉
進去，連光也跑不了。

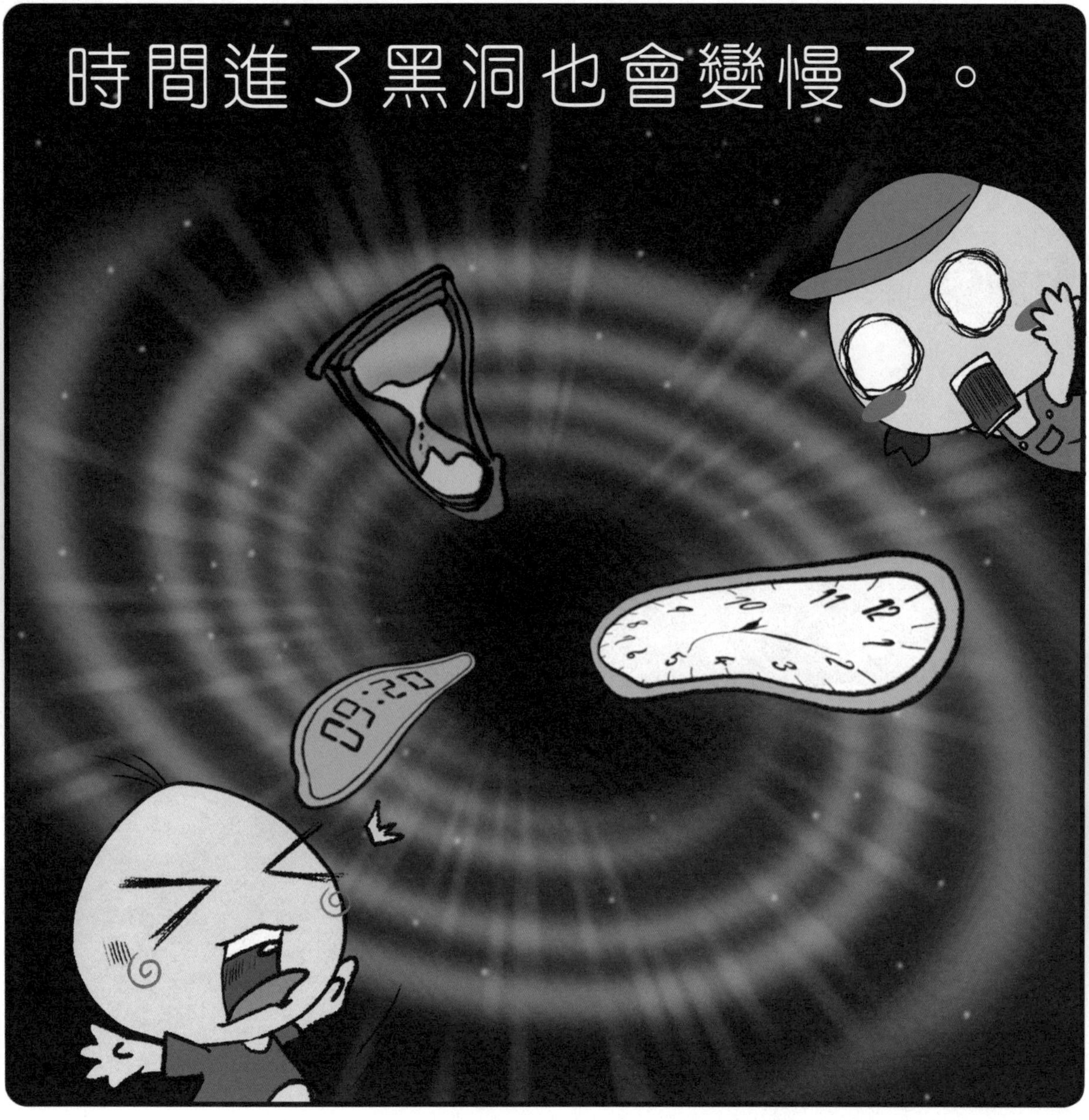

時間進了黑洞也會變慢了。

中國的字

從前，中國分成很多個小國。

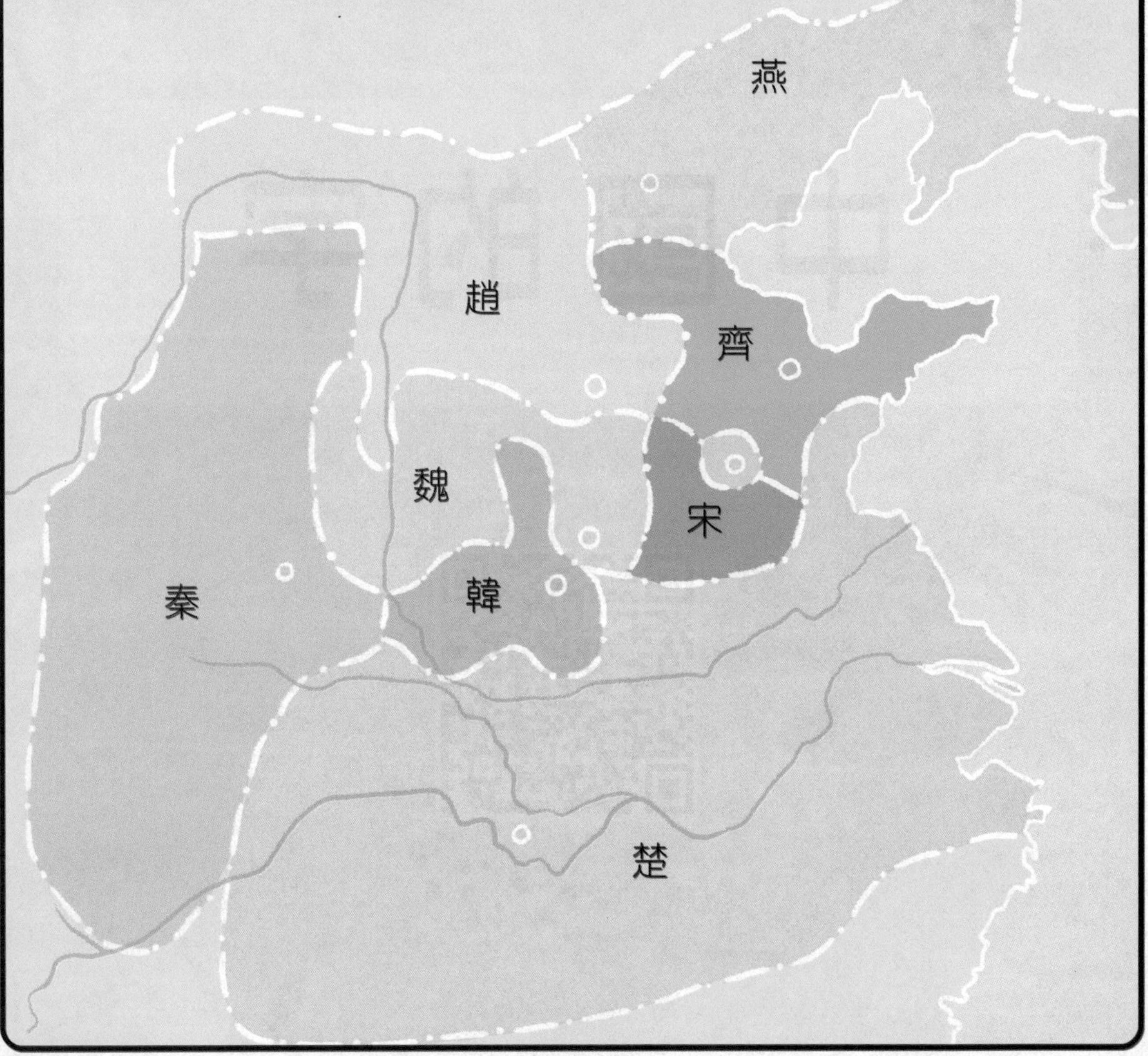

每個小國寫的字都不一樣。

人們你看不明白我，
我看不明白你，很難做朋友。

後來，大家都寫一樣的字了，天下也太平了。

胸有成竹

你經常愛看竹樹。

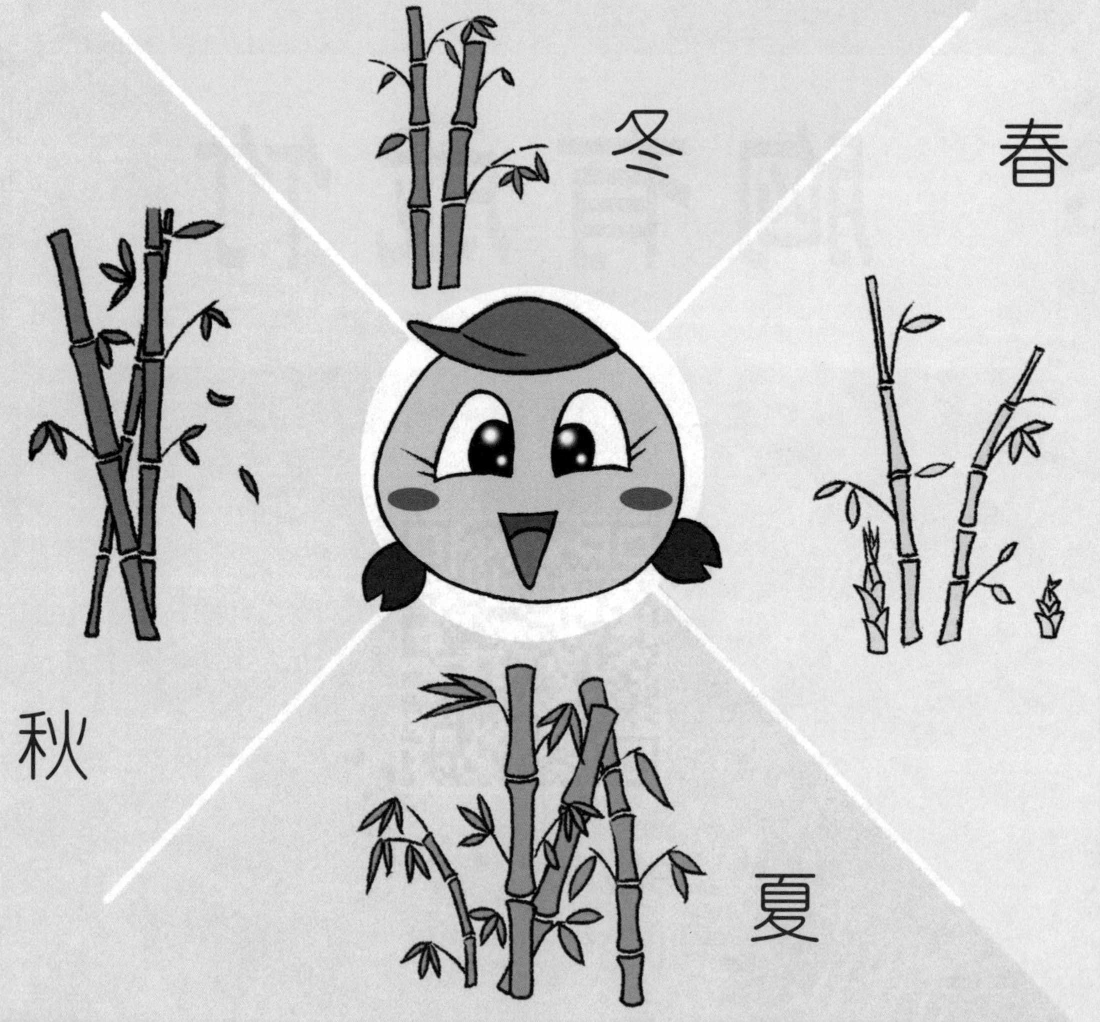

冬

春

秋

夏

你的心中有了
竹樹的各種樣子。

「今天，大家來畫竹樹。」

你畫的竹樹，果然最好看。

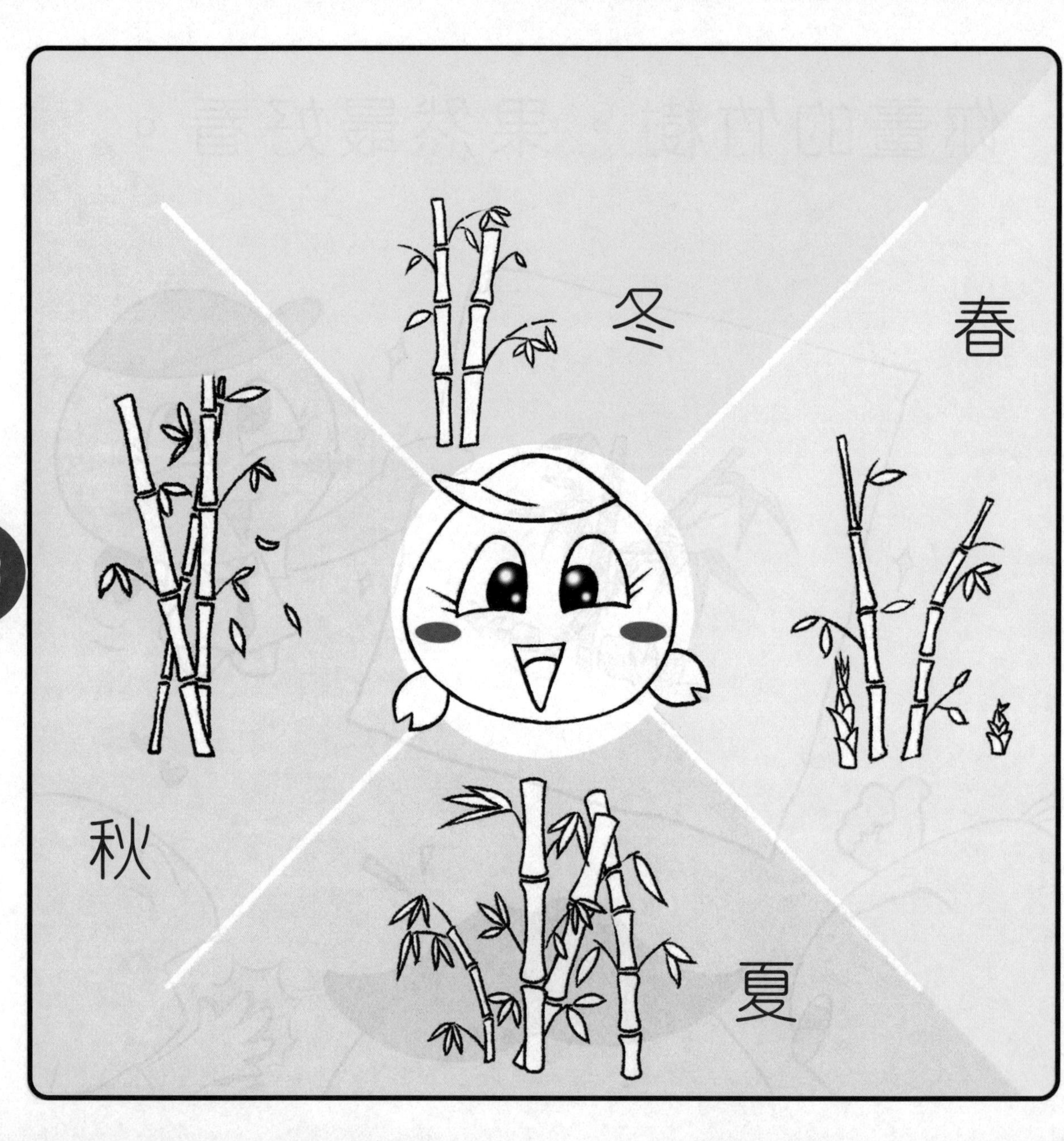
冬
春
秋
夏

全球首創
SUPER
中文教學法

Scientific 科學化

Understand 易於理解

Professional 專業系統化學習

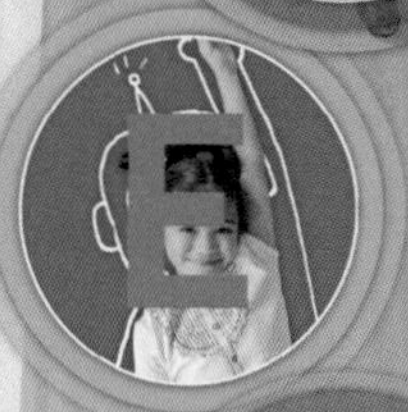

Entertaining 寓學習於娛樂

Read to Learn 從閱讀養成終生學習

好寫好玩
認讀＋書寫 掌握基礎漢字
寫得好看
21
基礎漢字500
Basic Chinese
把最常用的字活學
你也可以！
1 啟蒙級
開始握筆寫字就加緊練習
寫得好看
21
基礎漢字500
Basic Chinese
5 實力級
64
穿越時空
詞語謎藏
一個人
對不起
早上
學生
天真
開花
愛心
藏着的一句話……
你找出來了嗎？

等着和你做朋友啊~

作者：劉俐
繪圖：楊皓
出版：思展兒童文化社有限公司
地址：香港荃灣海盛路 11 號 One Midtown 9 樓 15 室
電郵：admin@sagebooks.hk
電話：+852 3529 1243
傳真：+852 2253 0528

2022年1月 初版

歡迎瀏覽本社網站：
https://sagebookshk.com

ISBN: 978-988-8517-72-5

Author: Lucia L. Lau
Illustrator: Hao Yang

First edition January 2022

Published in paperback in Hong Kong by Sagebooks Hongkong.

Email: admin@sagebooks.hk
Tel: +852-3529-1243
Fax: +852-2253-0528

Please visit our website at:
https://sagebookshk.com